對海沉默的哪吒

碎歲——著

碎歲（田野／攝影）

目次

1001

心事重重的少年

紙團團得越緊
寫的東西就越私密
它們裹著心事
像裙子裹著少女的身體

紙片撕得越碎
撕紙的人就越決絕
風中飄散的紙片
像少年離家出走的身影

少女杯裡的白水變成了酒
少年身邊的人群都是懸崖
他們在風暴眼中擁抱
四周立起大海的潮聲

風箏

明明是我的風箏，卻嫁給了藍天
線斷了，思念沒斷
風停了，思念沒停
春過了，我還在仰望

歲月把愛塑成了歌
卻讓唱歌的人四處流浪
風箏，你在哪兒

畫筆

青春的畫布上，密密麻麻
塗滿了傷心的標記——

畫出一片天空，天空下起大雨
畫出一隻鴿子，鴿子飛往冬季
畫出一張臉孔，悲傷而且神祕
畫出一盞燈籠，火光漸漸隱去

我的畫筆快用完了
我突然發現：我沒有一塊橡皮

影子

像一副鐐銬拖在腳上
一個對我瞭若指掌的先知
綁架了我的人生

我希望的落空與它有關
我轉回頭
它卻在同時轉過了臉

我記憶的失竊與它有關
我猛踩雙腳
它卻正踩在我的腳上

我知道厄運來臨
它在水面劇烈晃動
我彎曲的身體即將落水

我知道我逃不掉
它跟在我的後面
收集我努力銷毀的證據

我趴在地上
走進暗室
將它抹去
它卻比我復活得更早

我打開無影燈
它卻逼著影子
鑽進了我
身體內部

尋隱者不遇

梳子無動於衷，你傾瀉在面前的長髮
守候著矜持的眼睛，無聲無息
等昨天來臨

長滿，樸素的青苔，長滿

叩一記門，冷清的壁送來回聲
再叩一記，榆木窗傳出哭泣

青苔鋪滿我的腦袋

飛旋，零落，一些繽紛的瓣狀物在風中呼救
春末夏初，被林黛玉掃去埋葬

青苔進化，高樹下有喝水的烏鴉

隋唐，秦漢，石爛，海枯
我把你攙扶出來，把你彈撥的古琴
錄入卡帶

夢魘

殺掉一個熟睡的人
是很容易的
我的恐懼即來於此
看著殺我的人來到床前
我卻無力阻攔
我邁不出步子
喊不出聲
看不清尋仇者的面孔
我被緊緊捆縛
猶如真相
被無恥的謊言勒住脖子
儘管我已死裡逃生了無數次
但我知道
早晚有一天我會失手
我會死掉
死在夢裡

秋天的早晨
——十幾年前的霧現在還沒有散去

你會不會想起那個早晨
你睡在野外的草庵
睡了一夜
睜開眼
家鄉已經飄遠

你會不會想起那個早晨
一片打溼玉米地的霧
打溼了鄉親們的衣服
打溼了你的眼睛
打溼了八月十五

你會不會想起那個早晨
淚水燃起藍色的火焰
那些經過長期治療而痊癒的病症
在一瞬間
全部復發

你會不會想起那個早晨
某個細節
預示了一切

你會不會想起那個早晨
太陽躍出海面

撲通一聲
又掉進了海中

11011

在鏡子裡

在鏡子裡
我看到一個人
「抽煙嗎？哥們兒」我打招呼
「不了」他說
我們沉默

突然
他把我摁倒在地
掏出匕首
「心呢？我饑」

他把我的心吃了
走的時候
他說
他還是很饑

茶

在那屬於你的年代
綻放
再綻放
張揚
再張揚
青翠無邊的茶園中
你是最高貴的公主

我深愛了你
與每個年輕的故事一樣
芳香
沁人肺腑
苦澀
則更放縱得超人想像

我記得每一次風把你的氣息吹來
我記得每一次光把你的臉頰拂亮
你滴下的露珠
是我一生的珍藏

我們長大了
人們把我們摘下、烘烤、販賣

此刻
讓我們在這杯沸水中

重溫舊夢
讓那個美麗而感傷的故事
最後一次展開、飛揚

十七歲

十六歲末
我撿了一對翅膀
於是我到天上
飛了一圈
回來已是一年之後
我聽到人們議論：
這個孩子沒有十七歲

初戀

就是這一片土地，但不是
這一片草。那是唯一的一次
我們看到：冬天瘋長的青草
以及，冬天飛舞的蚱蜢

就是這一片天空，但不是
這一場雨。游過太平洋
我依然不懂什麼叫水，直到你一滴淚
把太陽打溼

就是這一個歌者，就是這一個聽眾
唱著唱著，你突然停了
而我，卻沿著你的旋律
一直聽到最後

抽筋

用錐子挑開皮肉
我看見了你
一襲紅衣
像一位新娘

這是疼嗎
我根本感覺不到
我只覺得你的蠕動
像新娘明媚的笑

再用力一些
把新娘的蓋頭掀掉
讓你記住我看你的
第一眼

你還是被拽斷了
血流出來
紅紅的
像新娘曾經的初潮

秋風中的民工

秋風中的民工
散落在腳手架上
像掛著的幾件衣服

一聲：上工了
他們就上去
製造大樓，也製造血淚

秋風中的民工
被秋風吹進秋風裡
無聲無息
墜入大地

未墜下的
繼續製造大樓與血淚

秋風中的民工
想著遠方的家鄉和錢
望著秋風

秋風蕭瑟
像是秋風中的民工
吹出來的

活埋

我的家鄉
人們從黃土裡長出來
在這片黃色的沼澤裡
掙扎一輩子
再變成黃土
供別人掙扎
別人再在這片黃色的沼澤裡
掙扎一輩子
再變成黃土
再供別人掙扎

我看見
那麼多那麼深那麼軟的潭
人們依次陷進去
風捲來一堆堆黃土
蓋住他們
還有一些臉孔模糊的人
丟下石頭
不知再填進去多少人
才能墊起一隻鼻孔
呼吸

隱疾

我的頭很沉
我頭裡有鐵
隨時可能折斷脖子
落地砸出坑來
我不得不雙手推著耳朵
幫脖子支撐它
我走在街上
人們紛紛向我行注目禮
我聽到有人說這個小孩
像個投降的日本鬼子
我很惱火卻騰不出手和他打架
我灰溜溜地向前走著
我也不可能向人們解釋：
我頭裡有鐵
很沉，很沉

對視

你歪著頭
像是倚在門框上
其實那裡什麼也沒有
就這樣歪著
看著我，你的眼睛
不再像要流淚的樣子
而像這個世界正在拼命地哭
把淚水流進你的眼睛
你歪著頭
我感覺你是倚在我肩上
其實我們隔著兩米遠
就這樣歪著
看著你，我的眼睛
忽而變得空洞
所有我曾看到眼裡的
都在拍著翅膀——飛出
你歪著頭
像根放在水碗中的筷子
我們對視著
沉默還在繼續

糖

你們說
生活是糖
於是我趴上去
大口大口地吃
現在，我十九歲
我的牙掉光了

給

蒙上眼，與你對視
請你
想像我的眼睛

你知道
這塊布是蒙上去的
我生下來的時候
和你一樣

約至

火車軋過我的身體
就像當初
你睡在我的身上

我們約定
要讓生命鮮花一樣怒放
而且
色彩定要是眩目的紅

陰天，到哪兒去晒我的被子？

陰天，到哪兒去晒我的被子？
時光得了褥瘡
所有的青春都要腐爛

陰天，到哪兒去晒我的被子？
太陽患了陽痿
整個世界都失去了高潮

我欠我自己一巴掌

我欠我自己一巴掌
能將我的臉打爛的一巴掌
我要在我的手最有力的時候扇出來
我恨不得我的手變成熊掌

我欠我爸媽一個兒子
一個朝氣蓬勃的兒子
他們乾癟的身體已刨不出幾顆糧食
他們餵我還不如餵頭豬

我欠這個世界一張人皮
一件世界上最昂貴的衣服
雨後的黃麻布滿褐色斑點
像我用煙頭燙出的疤痕

我欠我的生命一次青春
我永遠也還不起這筆債
我敢肯定
我死了還要痛苦，還要憤怒

三〇二

告別

我要走了
到天上尋找一聲雷
地上的聲音已喊不出我的疼痛

世界是一個昏迷的傷患
你就是他的傷口
你的青春，作為發燙的鮮血正從傷口汩汩流出

我要走了
到天上尋找一場雨
地上的河水已洗不去我的血跡

世界是一個昏迷的傷患
他快死了
一點兒懸念都沒有

演繹

整整一天
你看著鏡子裡自己的喉嚨。之後
你就啞了

整整一天
你看著自己的手。之後
它就張不開了

整整一天
你看著自己的家。之後
地震就來了

之後
你閉上眼睛，再也不敢睜開。之後
你死了

深秋

你走了
頭也不回

其實即使你回頭，也看不見什麼了
你每走一步，就有一道門
在你身後
閉緊

鬼火在你頭頂燃燒起來
如你當初燒掉自己的日記：
所有的往事最終不過一捧灰

你走了
你說，你旅行去了
像兒時你對爸媽說，你出去玩一會兒
可這次你一去不回

你走了
死是什麼樣子
我只能想像
你去了真空，並迅速與其融為一體

你走了
你再也看不到這深秋的景了
而我還能

還能看到這些像你一樣凋落的葉子
憑風飛揚，最後落定

你走了
在這深秋
你死那天是秋天的最後一天

窗前的陰謀

風像一隻手
攪拌著雨和黑暗

在雨中睡去的人們
像已暫時地死去
而暫時活著的我
已漸漸看穿了窗前的陰謀：

它們在製造一個大海
用不著等到天亮，就會完工
到時，只要我咳嗽一聲
所有的門窗便會全部碎掉
海水從四面八方湧入
我將很容易地死去
而幸福地如暫時死去的人們
已不知何時
在睡夢中變成了魚

變臉

我的手沒有變
站在曠野，我依然可以抓住風中的樹葉
甚至我依然可以，把整場風擇乾淨

我的手沒有變
風變了，風裹著刀子刮了過來

我的眼沒有變
七月，我依然可以和太陽對視
甚至我依然可以，告訴你太陽下面的礦藏

我的眼沒有變
太陽變了，太陽變成了一顆流星

我的心沒有變
姑娘，我依然可以為你把心挖出來
甚至我依然可以，把它切碎了給你看

我的心沒有變
脈絡變了，血從我的心臟流出，卻再也流不回來

陰鬱的大西南

永遠潮溼的土地
像我永遠潮溼的心，在長久的浸淫中變青。之後
繼續潮溼
最後變黑

陰鬱的大西南
在發霉
我在宜賓，我是一個小小的斑點

永遠陰沉沉的天
像我永遠悲傷的臉，蓄著多年的憤怒
淚水很多
卻忘了哭

陰鬱的大西南
我死不知何期
但這裡永遠是喪殯的好時候

天命

你知道你的翅膀在哪兒
肉眼凡胎的人,他們永遠看不到
撲火的飛蛾一樣,總有一天,它會把你帶到白雲深處

你知道你的淚水有多苦
但旱災來臨,你卻用它灌溉了自己龜裂的土地
你並沒有種子種下,但你相信,有水的地方就會有東西萌生

你知道你悲慘的未來及結局
但三年前準備用來自盡的刀子,現在卻被你丟進水裡
任何人問你怎麼辦,你都避而不答

貼著地面飛翔

貼著地面飛翔
貼著地面帶起一場大風
像無情的水火，像滄海桑田之變
像千年的宮殿自天上坍塌，煙塵瓦礫散弡人間

貼著地面飛翔
飛進深深的土裡，尋我故鄉的根
究竟是什麼種子
扎了根，發了芽，拔了節，長成我泥捏一樣的村莊

貼著地面飛翔
飛進深深的土裡，找所有遇土而入的夢
既然以生命為代價，也換不回一瞬幸福
那就把靈魂也押上

貼著地面飛翔
上帝的拇指，按著我的後背
瀰漫飛旋的塵埃中
我看到了太陽的倒影

雨天

你說，別哭了
於是我落下的淚水
改變了下墜的方向

時間凝住了
如一座大壩攔住江水
順流而下的往事堆積起來

抬起手，你為我擦淚
而我的淚水卻越擦越多，終於
我停止哭泣，而你的淚水卻開始湧出

江水大了，大壩決口了
我將你緊緊擁住
我下落不明的淚水
帶著天上成群的淚水，從頭頂砸下來

你說：
下雨了

二〇四

請求

答應我，姑娘
在我臨死的時候
你一定來

從千里之外匆匆趕來
讓我在欣慰中死去
讓我成功地騙過自己的一生

草只在你不看它的時候才生長

草只在你不看它的時候才生長

你不信嗎

那請你蹲下來

死死地盯住一棵

我就曾固執地這樣做

我錯了

三天三夜它都絲毫未長

之後

它死了

一棵羞澀倔強的草

用自殺的方式反抗了我的窺視

和我們一樣

草只在人們睡熟的夜裡祕密生長

草有草的自我

有它的分裂與脫蛻

有它的初潮或夢遺

有它美麗而焦灼的想入非非

草死了

我的眼睛腫了

並不是因為我三天三夜沒睡

它是在草死的那一瞬間腫起來的

你曾問我為什麼我的眼見風就落淚

現在你知道了

我盯死了一棵青春期的草

它的魂靈附在我的眼睛裡了

風吹來
草是要搖擺的

春天

隔著皮
膨脹的欲望把衣服撐成了碎片

裸著身體，你說
你要趁春天把皮剝下來
不然，夏天欲望膨脹得更屬害，你定會死在自己的皮裡

刀子和著心跳的節奏
在手中顫動
你說
分不清皮肉的地方，就割下一層肉

鮮紅的肉
閃爍著鮮紅的光芒
一片片落下來
像當年你削一隻蘋果，像當年你搖落桃花

可你忘了嗎
植物沒有神經
你有

你倒下了
血泊是一個美麗的湖
有幾個人
能將自己的鮮血激出浪花呢？

誰禁閉我的青春
我就讓誰死
你的話真是駟馬難追

你死了
好在這是春天
疾長的草叢很快就能遮住人們的視線
醒來的動物很快就能清理乾淨現場

漆

忍著劇痛
我剝下你噴在我臉上的漆
我多麼榮耀，當你再次舉起噴槍

對著鏡子
我發現
我剝下的不是漆
是自己的臉

紅與紫

多想你看到我的屍體時它還是熱的
那樣你就可以
趴在我身上痛哭一場
你還可以再摟我一次，捶打我的胸膛
而一旦等它僵硬，你那樣做就很不自然了

多想你看到我的血時它還是紅的
還未徹底凝固
那樣你就可以抹在手上一些，對著陽光，仔細地看
你說過：剛流出的血是鮮紅的，很美很純
而乾燥後的印痕是一種惡紫，很髒

筍

如果你不信
你就動手
剝，一層也不要留
你剝到什麼也沒有的時候
你也就看到了我
我就是如此空虛
我的衣服就是我的全部
我未必有它們真實
也未必有它們活的時間長

二〇〇五

舍離

我在門外
我聽到了你哭泣的聲音
我沒看見你哭泣的樣子

我在遠方
我穿透了一千個白晝
我沒穿透一個黑夜

水

水一樣的姑娘
大口喝水、洗澡、到街上淋雨
她的身體漸漸鼓脹
掐一下，水會搶在血前面流出
她透明，純淨得經不起探看
她隱藏心事的方法是將心事也變得透明
她柔軟，趁著一枚草葉躺倒在地
她站起來必須由另一個人扶起
她開始盛不住她自己
她不知該倒給誰

我能看到的最遠的地方

一

我能看到的最遠的地方
是你
我的目光到你為止
長一寸就是多餘
無論這個世界多麼遼闊
無論後來你怎樣杳無訊息
無論最後是誰撫著我的臉把我的眼睛合上
在那我能看到的最遙遠的地方
是你
唱歌跳舞
晝夜不息

二

仰望或遠眺
天空或麥田
而你每每浮現於我目光的逝處
如盯梢的仇敵
追殺我於日日夜夜
終於明白
我能看到的最遠的地方
是你
即使你在我的面前
你也是最遠
我的目光到你為止
長一寸就是多餘

相克相生

憂鬱的女孩走過來了
她的病並未痊癒
她只是剛剛可以重新行走

憂鬱的女孩走過來了
有人逃竄，有人側身走過，有人捧著她的臉龐親吻
我是唯一的呆立者

憂鬱的女孩，一言不發
把刀片搭在我的手腕上
下按

死前請允許我慘叫一聲

我預感我一定會死得很慘
沒有一片葉子願在我的血泊中沉溺

刀刃之前，李白桃紅
刀脊之後，陽光硫酸一樣潑濺

循著我淅瀝的笑聲
你們會找到我的屍體的

殺我用鈍刀

殺我，請用鈍刀
且最好以凌遲的方式

我怕疼
但我更愛生命
我不過想再活一秒

.

雲和深淵

我們對望之間，是燕子低緩的飛翔
美麗的燕子
高飛不上雲，低落不到深淵

你釘著四枚扣子的手套開始起毛了
你的髮梢有未化掉的雪
你A4紙一樣蒼白的臉
有拉我的目光進去冬眠的力量
藏在校園中的天使是我發現的
你就是那個天使
是我的雲，也是我的深淵

兒童醫院

青春，你唯一的收穫是這場不治之症
唯一的變化是從人到屍
唯一的幻想是她路過時的一滴眼淚

黑夜是你唯一的衣服，太陽已將它扒得精光
殺手潛入醫院
你能否守得住自己的皮膚，這最後的邊關

還未發育成熟
就已被強姦過千次萬次
你永遠也當不了天使，你是天堂裡的死胎

二〇〇六

三月

綠色的火焰，伸出舌頭舔遍大地
你的逃亡顯得徒勞

她溫柔地重構你的身體
將骨頭撫摸成肉，將肉撫摸成骨頭

三月，我不能脫下棉衣
我無法相信這個春天

空中的女人，日復一日的仰望
你的腦袋漸漸變成第三顆睾丸

網吧

在網吧一角打字聽歌
等待準時到來的饑餓
我喜歡胃壁逐漸貼在一起的感覺
它總能讓我想你想得更沉迷更慌亂
深呼吸後你的笑靨由遠及近顯現
饑餓加深眼前的你便更美
然後我走了
進食飲水
通過這種方式
我終於抱住了你
像你也抱住了我

拆線

陽光穿過你的頭髮變得很細
你騎車掠過我身旁沒有停
這是五月，剛剛下過雨
我們不說話，愛情感到不好意思

我曾探觸你的幻影，其時水沒頭頂
其時磚從腦後拍來

我輕聲歌唱穿過校園
我多想歌唱著巡行祖國
我必須在死前完成這個任務：
讓世界記住你的美

針與線穿過我的頭皮又被取走了
那一刻疼癢翩躚起伏，像你

齲齒紀事

我從不是堅強的人
我常常盜取你的溫柔止痛
口腔科的躺椅上，我們的飛機緩緩降臨

我閉著眼睛望著你飛來
你緊咬嘴唇，看著護士拔斷我的神經
飛機見證我們的愛情，我們的愛情不朽

你是做不了醫生的人
你只是我怕疼的愛人
飛機在氣流中顛簸
你的手心全都是汗

如果真有上帝
我只向他求一件事：
你所有的疼我都替你

通知

我拋下你，去遠方的火車便拋下我
遠方的天空也許更藍
沒有你我卻只是盲童

天空開花了，我們曾在天空撒下一萬顆種子
我在黃昏的雨水中返鄉
你沒有任何力量卻將我緊緊束縛

小愛人

我的小愛人，坐在圖書館靜靜地看著報紙
我的小愛人，看東西時喜歡右手托腮
陽光和人群在她身旁走來走去她都不動
當她低頭，是因為收到了我的短信

我們的愛情如此殘酷，三個月不吃一頓飯
我瘦四斤，你瘦三斤，加起來像一個小孩的重量
當我們一人一個耳朵聽著音樂，當我描繪著我的想像
小愛人，你扭過頭看著遠方笑了

你不知道我憎恨現實，卻默默帶給我最美的夢幻
我的小愛人，我們的幸福剛剛開始
回憶你勝過戀愛一萬次
守著你的一根頭髮我足以無視所有少女

最後的安慰

憑藉你的香味，我升入天堂
越飛越高，看不見你了但我仍在想你會不會還在看我
你的視力比我的好，你會多看我一會兒嗎

我的骨殖與血肉，每根頭髮，都將被焚屍爐燒得一乾二淨
我將找不到舌頭去吻你，說我愛你
永永遠遠，不再回來，在世間我的愛恨都過了頭

你能再陪我一會兒嗎？我無法告訴你，現在你是我唯一的朋友
二〇〇六年十一月二日下午，我空蕩的房間因你而滿
你走後我在氤氳的清香中死去

下下籤

人間喜花飛濺，但我沒有一朵
萬物從倒懸的山谷跌落
跌落風雪和露水，跌落春夏秋冬

也許我就是那枚不該躍出的竹籤
汲汲無名遍涉人間
生靈們圍著少一根籤的卦筒心神不寧

黑夜推翻白晝，白晝推翻黑夜，我的心被碾成肉餅
死神是唯一見過我的人
死神必死無疑

遺書

枕著我的手臂入睡，不要聽我脈裡的雜音
院子裡的硫磺燒完時，食屍鳥會跟著大雁往南飛
不要接近蠕集的人群，他們已染上瘧疾
不要相信醫生的判斷

枕著我的手臂入睡，不要聽我脈裡的雜音
世界上的鋼鐵都用盡了，火車沿著軌道轟轟而來
總要有人被壓入凹槽
過去我是你晒瘤的油脂，而今我是你割去的盲腸

枕著我的手臂入睡，不要聽我脈裡的雜音
我們的家園五穀豐登，黑暗在我腦海中迎風生長
煙花由你燃起，落在漂移的大陸
落在我的視網膜上

不要問我，永遠不要，不要逼我在詩中寫下帶血的句子
我一生的祕密都在那封信裡，來不及給你就被撕得粉碎
枕著我的手臂入睡，我的被卸下的手臂
不要問我的身體被丟在哪裡

農民

這是最後的一捆，鍘完我們就可以回家
削去手上的老繭
我們抱在一起，熱淚盈眶

山一樣的草垛已經露底，這是最後的一捆
最後的一捆
無人來按

大風旋起鍘碎的草堆，麻雀們衝出這天昏地暗
面對下沉的夕陽
我們目瞪口呆

這是最後的一捆，鍘完我們就可以回家
鍘刀奇跡般落下
多麼完美

這是最後的一捆，最後的一捆
捆著你
捆著我

二〇〇七

嬰寧

今天是第幾次打開你的身體
探訪我的故鄉與墓地
皮膚青紅，穿錯衣裳

你死了，我也死了，我們的愛成為這個世界的祕密
萌蘗的枝花牽引著瞳孔
詐屍的眼睛如浸在紅墨中的碎瓷

我們越飛越高從不害怕，我們的愛是我們的翎羽
我們的夢像我們一樣抱在一起
我們無法單獨醒來

十號樓的鬼

以樓的姿勢張開四肢，像樓一樣安然入眠
當風搖撼樓的門窗
我在夢中與你相遇
當我暗裡反側輾轉
課桌倒出屜內的垃圾

可我不是十號樓，我是十號樓的鬼
我看見有人從最高處縱身躍下
我聽到有人在走廊裡尖叫瘋跑
死去的與撞見的
只是我自己

蘋果

望著你吃蘋果的樣子
我眩暈在一刀插到心臟的幸福
這刀子原本是遠方的
你也是遠方的
為了找一個與你同歸於盡的人
你殺到現在
你說你要手刃了這個世界
但遙遠的路程
已留下了你的青春
那我就殺了你
你亮出血刃
但蘋果滾落
你哭出聲音
那蘋果是我給你的
你在上面繪了世界地圖
吃它之前

指甲謠

竹指甲，水指甲
俺弟弟長了竹指甲
從小懂事又機靈
長大了壞蛋不欺他

竹指甲，水指甲
俺姐姐長了水指甲
從小吃苦又做活
長大了嫁個好人家

竹指甲，水指甲
一二三四五六七
十片指甲全揭下

竹指甲，水指甲
弟弟越磕越零散
姐姐越洗越腌臜

不和幸福的人說話

我喜歡匕首
一下就可以割出那麼多鮮血
十下就會多出十倍

我喜歡玻璃
碎了還能留下那麼多隱患
照出那麼多醜惡嘴臉

我喜歡自己
可以隨意傷害而不擔心報復
變瘋只是時間問題

我喜歡老人
比我更多病更困苦更孤獨
還比我死得更快

姑娘

溺死的姑娘是幸福的姑娘
一身花朵的姑娘
嗆水是她唯一的痛苦

吊死的姑娘是痛苦的姑娘
一身傷口的姑娘
窒息是她唯一的幸福

我的姑娘是既幸福又痛苦的姑娘
半身花朵半身傷口
我對她的愛超過了陸地與繩索
我愛她就像愛溺死的姑娘與吊死的姑娘

姑娘

總會有一個姑娘
走在你的前面，搖搖擺擺
讓你著迷

總會有一個姑娘
將你的夢層層纏繞，總會有一個姑娘
站在雨裡

她會帶你去看一看天堂的樣子
也會在湖邊把倒影收起
春天是她的嫁衣，永遠地壓在箱底

一九八六

一九八六年的春天狂風大作
一九八六年的花朵，在風中化為烈焰
一九八六年的風颳過一九八七一九八八和一九八九
一九八六年的風，颳過一雙見風流淚的眼睛

一九八六年，未通電的村莊夜晚黑不見底
一九八六年，一場大雨把整個中國連成一片
一九八六年，一隊隊的汽車從鄉里的公路駛向遠方
一九八六年，一位母親幸福地懷孕而另一位開始迅速衰老

一九八六年，指尖在水缸中扯下縷縷紅線
一九八六年，門神悄悄完成自己的剝落
一九八六年，兩個小孩呆呆地望著簾外的雨珠
一九八六年，他們不知道將會有一場大風把他們颳到一起

五月

請在今夜逃離家鄉
請為臥倒的麥子出門乞討
請在收割機的巨輪下，碾出大地的心腸

被陽光刺瞎的麥客
揮舞著鐮刀撞在一起
一顆癟肚的麥粒中
鄉親們口吐白沫，四肢抽搐

請在今夜逃離家鄉
請為荒蕪的墳場，留一個醜陋的孩子
請為空腹的歌喉，咽下一地麥芒

傳說
──給C

在夢裡我們是情侶
從草原走到天邊，走到彼此的身後
你抱我的手指，是世界的盡頭

歲月在撤離，鏡子在破碎，鏡中的臉孔在喊疼
你從夢中醒來，擦拭鏡上的血跡
喊疼的人死去後，無人談論疼痛

紅色的風，在高原撕開一個又一個的峽谷
而我們不動，我們對視的眼神不動
一小時內我們穿越憶湖忘川，一秒鐘內我們花開花落春種秋收

雨

無法甦醒，祈雨的日子你的囈夢節節焚身火海
把心剖開呵把心剖開
接住雨水，接住一季的墒情

血流盡了，水接著流
紅色的根腳重被洗淨
冥靈完成迴圈，上帝撥下他的一次性針頭

人間最後的夜晚，一千條棉被給你的溫暖不如一把刀
遺忘雨神的人群上空，風越颳越大
你的死訊傳遍枯索的故鄉

二〇〇八

失貞之夜

把碾碎的骨頭挑出來吧
我借給你刀和鑷子,借給你我的病房
手術失敗,我借給你我的棺材

當被罩遮住我們,不要說
像一塊白布蒙住屍體
你借給我眼睛像借給我天堂,你梳理我的頭髮像梳理我的一生

親吻之後,我把牙齒穿過舌頭咬在一起
擁抱之後,你把皮膚剝下交給大地收藏
當我以死亡的方式進入,你的血正溶解著整個時空

秋天

這是秋天僅有的花朵
陽光在睫前塑成彩虹。穿過旋轉的廣場
熙攘的人群，未能阻住你脫軌的狂奔
如駛來的公車，乘客無法掩飾其中一名的淚水

這是秋天僅有的果實
少女從父親承包的果園走失。當她像枝頭的橘子一樣被掛上高樓
她會被短暫地傳誦，死神並不考慮這僅是一次夢遊
並不考慮，她在夜裡只能到取款機內取暖

僅有的秋風，吹拂著僅有的城市
當兩具肉體被同時抽去脊椎，他們的擁抱值得注目
儘管弱聽的耳朵還在聒噪中嘔吐不止，而一次次救命從十字嘴唇盲
　　目呼出
這是僅有的秋天，僅有的。掙扎，安定，最後一次

二〇〇九

刮膚之瓦

她流產出這團模糊的血肉
分不清男女，分不清
肛門與嘴巴，咽喉與腳踝

這是處女的孩子，無夫而孕
為人避棄的孽種
渾身是毒，喝著三鹿怨咒般活著

十步之內，必有鮮血

不是床單的血
就是刀尖的血

在血中出生
也在血中死亡

不是噴射的血
就是凝固的血

血把碎肉黏在一起
也為土地劃上界線

不是情人的血
就是仇人的血

造血是一種欲望
放血是一種治療

不是造反的血
就是鎮壓的血

黑色的天空
壓著黑色的土地

南京

南京並不存在。你為我變出這座迷城
你怕我沒有終點。怕我，找不到你
我行於陌生的街巷。事實上，是我糾纏於你柔韌的髮絲

玫瑰花開，整條街道都變成了橘紅色的
當廣州路仰沖上去，天堂失火了
你站在街道中央。這個季節，連情人的眼淚也是，橘紅色的

我願玄武湖的漩渦將我吸走永遠沉溺
我願自南大的十八層樓飛出一去不返
——哦
南京。南京。南京和北京是同一個城市，我和你，是同一個人

清明，致母親

一家最好不要出現兩個自殺的人
最好不要
不然，剩下的人會發瘋

一家最好不要出現兩個自殺的人
或可這樣說
第二個一旦出現，我們很難阻擋第三個的效仿

但如何去阻擋第一個？如何？
踏上二樓
母親的身體在梁下搖擺

一家最好不要出現兩個自殺的人
最好不要
告訴兒子咬緊牙關

請看一看飄升的嫋嫋炊煙，請摸一摸滿倉的金穀紅粱
告訴他這是母親的遺言：
一家最好不要出現兩個自殺的人

不辭而別

我死得比你們都安靜、都節約
沒有哭聲、沒有葬禮
我死得比你們都徹底、都隱密
沒有屍體、沒有訃告
我死了
死得這麼好
我用不著自殺了
張牙舞爪
死去活來
我死了
在路上走著，死了
在你面前笑著
死了

爺爺

他的旱煙袋還在燒著
他的收音機還在響著
他餵得冒油的牛
吃下了一槽草料
他磨得明晃晃的鐮
在窗櫺一直閃著光
誰能說
去年秋天少的玉米
不是他帶走當乾糧了？
誰又能說
他不在煞戲後散場的老人之中
而你只看到了他的背影？
我們以為他走遠了
事實上他一直守著我們的家園
在他留下的子嗣中
他被一個孫子當作失蹤對待
他離開家鄉去找他
嘗遍異鄉的米糧

高中

讓我們把自行車鎖好，把寢室鎖好
把年級主任的教導永記心頭，既然父親的鐵鍬進不了校園
就讓我們永遠地忘掉麥田

讓我們把複讀機再放一遍
讓磁帶再次嫋成一團，既然我們的頭髮如此生脆
女生的辮子，比磁帶更容易扯斷

讓我們把情書、病歷和模擬試卷一起點燃
並親吻每一寸燒焦的皮膚，既然餓瘋的考場
急需一場大火忘掉饑餓

讓我們把膚衣犁開，露出骨面的玉白
給血液一個吹風的機會，既然高高的刀尖
挑起了我們的貞潔與未來

110

咽炎

一副咳不盡痰的喉嚨
在時代的高歌中猛咳不止
那歌手精通民族、通俗和美聲
他剛從報紙A疊走下，踏進網頁和螢屏

而一個耐藥性越來越強的人
註定要奔波在求醫的路上
從西苑醫院到東郊精神病院
一副喉嚨與沙石磨擦，代我走過殷紅的路程

好在紗布會覆裹一切
白色的紗布，使我變得安靜
我把麻藥催生的分泌物咽回腹內

一副咳不盡痰的喉嚨
終變成了一副咳不盡血的喉嚨
卡在我的脖子裡，像一朵棉花長在棉桃中

綠皮火車T27

子夜時分，火車在石家莊停下
停下又駛出
載著你，緩緩離開
然後加速

此刻一起加速的
是車輪間騰蕩的微塵
是繁殖的謊言和癌細胞
是汽車尾氣、房價和一夜情
是墨西哥灣擴散的石油以及以色列的槍火

火車路過石家莊
和路過鄭州、西安和西寧沒什麼兩樣
北京的窮人和拉薩的窮人一樣貧窮
不同的熱鍋裡，掙扎著一樣焦躁的螞蟻
鐮刀之下，沿線的麥子與青稞，一樣無言地倒下

薅草

他薅不掉自己的頭髮
在田野中
他薅不掉大棵的片片草
那是多年前的事了
七月的玉米地密不透風
他母親看不到他
屈辱的淚水怎樣滴在腐爛的麥茬上
他也看不到他母親
怎樣不小心鏟掉了自己的腳趾
直到那聲發顫的呼聲剛喊出又突然收斂
於是在秋天的玉米糊裡他嘗到了血的腥鹹
於是他發誓離開農村
於是在課桌的一角他刻下：我以我血薦高考
那是多年前的事了
暑假中的田野
禾苗被草吞沒
一茬還未薅完，又一茬又已長高
「唦啦，唦啦」
天濛濛亮，他總能聽到父親磨鏟子的聲音
他捂住耳朵因為他疼
好像那鏟子，是在他耳朵上磨快的
他薅不掉自己的頭髮
它們只害怕剪刀
像草，害怕窗檯上的鏟子
他知道他薅不掉

仇恨的種子早已在心裡發芽
根鬚遍布全身
他薅不掉
一棵也薅不掉
除草劑流行起來了
而這又能擋什麼用
他和他的母親，又有誰能看得到誰
隔著棺材和墳塋
他只能和母親這樣談心：
「我不想薅草，我想殺人」

甲午風雲

如今我們生活在炮灰裡
由於你們的存在，英雄們
我不能說自己是最痛苦的人

一百二十年後，你們的子孫嚼著轉基因主糧
沒人去聽那首〈十面埋伏〉了
推開房門：樹枝上結滿了摻沙子的炮彈

未來他們生活在雲朵中
前提是閃電不去劈擊空中的家園
如果有人胎死腹中，那是因為母親失血過多

正如人類不關心肉食來自另一種生靈
動物們不會憶起人類的往事
它們在廢墟上玩彈殼，退化成比人高級的物種

一八九四，我把這個年分輸入谷歌
我拔下電源——試著不讓殷紅的海水漫出
但沒有海水，我重啟電腦看到了AV女優

下一代。你們的驕傲僅在於空前絕後
酗酒、吸毒、混吃等死
一樣活到世界大戰

二〇一一

手淫青春，意淫人生

這個春天
我真的老了
曾經，手淫是最好的安眠藥
而今如是三次
克服不了一次失眠
半透明的精液
射在牆上、床上、被子上
像不會說話的月光
留下一些恍惚的斑點
它們是可疑的
和人生一樣高度可疑的
值得相信的
唯有無盡的空虛
只是一秒鐘時間
精液噴射而出
一團清風衛生紙
接管了無所事事的夜

豐收

風慢慢吹過來
摸摸你的臉，摸摸我的臉
將你的手遞給我
我知道它的囑咐：握緊、握緊

風領著我們走向秋天的田野
我們聞到了花生、青草、泥土和小羊的味道
我知道這個祕密：
它們加上你的味道就是母親的味道

我知道的祕密還很多
但除了這一個，我都不會對世人說
我只對你一個人說
把祕密和你一起握緊、握緊

風忽大忽小，我忽東忽西
我們在秋天遇見你停下來
——如同淚水在睫毛上停下來
領受豐收的賜予，緊緊將你圍繞

雨水

一

我能否請你淋雨
缺水的華北
和你一樣奄奄一息

雨水落下，消失得那麼快
像你的青春，轉眼不見蹤跡

二

我知道，一切都晚了
往事和雨水一樣無法挽回
幸福只屬於獲得原諒的人

他們帶著淋不溼的身體在雨中穿梭
而我的房間，一年四季大雨傾盆

夏天的睡眠

夢裡的火車門窗緊閉，夢裡的人
看不到它的尾巴漸漸束細
每掠過一條河，他們都發出歡呼
做夢人不忍告訴他們：那不是火車
那只是一條蛇

夢裡的飛機，繞著夢裡的地球
乘客們為陌生的彩雲驚悸
那不是天空，那只是
一個人的肚腹。它不得不失事
做夢人把藥瓶舉至唇邊

他一次次地醒來，沒有一次是成功的
一次次的尖叫，被一個個更高層次的夢消音
夢裡的人開始忍無可忍，夢裡的人
把手伸向夢外——掐死了做夢人
——掐死了我

草

草從我的耳朵裡長出來
草從我的眼睛裡長出來
草從我的嘴唇中，從我的指縫間長出來

草，從我的腳心穿進從我的頭蓋骨鑽出
草，繞過了我又冷又硬的心

故鄉

每個人都只有一個親生的母親
每個人都只有一個親養的故鄉

當我們淪陷於地鐵呼嘯聲捲起的渦流
故鄉正在遠方被祕密處決
為故鄉殉葬的，是我們的母親

天安門

我的心無須刀子來切
它天生就是碎的

祖國，請賜我一副鐵石心腸

輸水

她病了，病得很重
在蘋果樹花正從果園向外溢出的春天
她在澆麥的路上從四輪拖拉機上摔了下來

她倒在我的面前
我愛上她並帶她去鎮醫院輸水
她死在我懷裡時，我甚至還沒有托媒人提親

她死了，她的遺產就是我對她熱烈的愛
在一樹蘋果把枝頭壓彎的秋天
為了繼承這份遺產，她又活了過來

津田詩織是一隻風箏

津田詩織不是一隻風箏
標題是虛擬的。他願她真的是一隻風箏
讓她在那電影裡飛，飛，飛出那電影

所有孩子都是偷偷長大的
在各自祖國的懷抱，各自遙遠的鎮城
如果天空允許一隻虛擬的風箏飛過
那麼全亞洲的少年在同一瞬間擁有甜蜜是可能的

但全亞洲的少年都看到了
看到了那只風箏的墜毀
他們加入送葬的隊伍，延綿百公里長

津田詩織不是一隻風箏
她強行要求自己成為一隻風箏
一隻不會飛的風箏飛了，飛了

一隻不會飛的風箏飛了，會是什麼結果？
乙太投靠了成長，出賣了我們
全亞洲的少年都感受到了
全亞洲的少年，望著稻田失聲

結婚

我把手掌伸開，邀請燕子為我們跳舞
安坐的你如緩遊的雲
沒有人醉酒鬧事，我們的婚宴只請了風和陽光

暮色四合，大地酣然
電視開始播映我們的相遇
沿著三點鐘方向，你在滿屏雪花中逐漸清晰

你問我為什麼如此堅強，我已經哭過了
淚水燙手：
飛著飛著，忽然發現自己沒有翅膀，於是就摔了下來

這一次我錯怪了上帝，他的寬厚比你的美麗
更讓我慚愧。其實我們已經結過婚了
在遇見你的那天，我背著你悄悄舉辦了我們的婚禮

水鬼

我溺死後變成了兩部分
被泡腫的屍體，和水下的鬼魂
我過上了夢寐以求的生活：無憂無慮，隨波逐流

我活著的時候，仰在河面輕輕劃水的時候
曾熱烈地憧憬這一切
什麼也不用做了，除了最後的告別

即使我的屍體腐爛，脹破，落滿了蒼蠅
我也不為所動。多麼可笑
我曾祈求上帝保佑有人為我收屍

當我合上嘴唇，不是我喝飽了
是我意識到了痛苦是有尊嚴的
我只想報答世界出示給我的真理：淹死的都是會水的

四月

月臺已經飄遠。錯過列車的人們
你們可以安心步行了
步行到達終點。抑或，返回故鄉

四月，放下手中的一切
領證，結婚，大辦宴席
沒什麼好說的，春天的旨意在四月下達

田野被美酒灌醉的四月
城市被煙花照亮的四月
推開窗戶，所有苦難都得到了補償

四月已經飄遠。錯過春天的人們
和錯過列車的人們一樣
你們只能放棄僥倖，從頭再來

你們只能嫉妒地望著新人，分食一顆小小的喜糖
這是唯一幸福的一對
四月，春風浩浩蕩蕩，愛人眼中有光

九月
──賀Z、C大婚

結婚的日子值得慶祝
值得與盤古開天並列載入史冊
雀鳥在大地上飛翔，麥子在藍天下生長
年輕人在雀鳴與麥香的包裹中相愛、結婚、被深深祝福

玫瑰在與百合爭豔，紅酒忙著測量喜悅
但所有鮮花都美不過新娘的笑容
但喜悅和家鄉的平原一樣望不到邊
從來沒有這麼多的甜蜜，被風送給每一位善良的人分享

「請轉告親人、朋友、師長、同學
在這一刻，我們真正長大了
請轉告山川、河流、田野、村莊
我們將以終生的幸福，來回報她們的養育」

從新鄉到洛陽，從開封到北京
當新人再次推開車窗，多少往事已變成風景
舉杯吧，在這秋高氣爽的豐收時節：
結婚的日子值得慶祝！孩子出生的日子值得慶祝！

下雨了

你無法計算一生中會落下多少場雨
正如你無法計算一生中會咽下多少頓飯

雨是天上的麥子
是造化餵給我們心靈的糧食

請張開雙臂去收割這自然的饋贈
請清空心裡的石頭，為今夏的收穫打開倉儲

在夜裡出沒的東西

老鼠
貓頭鷹
小偷
鬼
寂寞
痛苦
我的眼淚
我的
心

中州大道

凌晨一點駛過一輛消防車
嗚啦的尖叫聲驚醒了沉睡者
儘管雲梯搭上了圖書館的窗戶
但裡面的藏書已被焚淨

早上七點駛過一輛婚車
裡面的新娘如花似玉
會有人在婚宴上喝醉的
也會有人借著酒膽哭泣

下午兩點駛過一輛六軸大掛
顯然它衝破了重重關卡
人們紛紛躲避因為看到輪胎上有血
而司機的表情卻異常輕鬆

晚上九點駛過一輛警車
我攔下它說：「我自首，我有罪」
我一頭撞向車窗的玻璃
旁邊的兩個員警面面相覷

快遞員的一天

「這是我工作的最後一天！」
他這樣想著，起了床
辭職計畫在他腦中瓜熟蒂落之時
他的腦髓已被吸得精光

「他媽的電動車，一月修三回修不好」
儘管他罵自己的車時面目猙獰
但他本質仍是一個羞怯的人
他給一個女人送振動棒，沒碰她一根手指

「待遇太低了，太低了……」
他躺在地上念著咒語
周圍擠滿了圍觀車禍的人群
他的貨件灑了一地

「這是我活著的最後一天！」
——他意識到了但他已說不出來
他勉力爬起來，抽出一張快遞單。寫道：
「始發地：鄭州；目的地：天堂」

夏天

水中不宜居住
你不是魚
你無法在河底用腮呼吸

五月的積雨雲
請將我的血漂成白色

火中不宜居住
你不是鐵
你無法讓發紅的身體跑過田野

六月的太陽
請將我的淚水付之一炬

瀘溪

南方。潮乎乎的綠色將我吞沒之時
我忽然很想患一種病
一個健康的人
配不上面積失控的蘆葦、不結束的陰雨和絕望的愛情

在蕩著波浪的紅土上，橘子園起起伏伏
我已無法將一枚橘果遞到你的手中
但我還是向你跑著
如果有人像我一樣跑過，他會明白徒勞的偉大

從鳳凰到沅陵，水裡處處遊動著你的魂靈
你殘忍在控制我卻並不摧毀我
你只摧毀你自己
和無數愚人一樣，在失去後我才懂得你的珍貴

回到鄭州就安全了。但我並不想要安全
我想要的是你
以及像你一樣折磨人的關節疼痛
我涉水渡過沱江，將風溼感染並終生攜帶

站在莊稼的立場上

承認吧
饅頭是世界上最好吃的東西
現在手裡拿的這個
和二十年前書包裡捎的
一樣好吃
一樣有麥芽糖的甜味
和麵團的香氣
承認吧
這二十年走過的路程並不通向別處
當我們離家越來越遠
遠到一定程度
就會在前面看到故鄉
或許成長就是這樣
二十年前需要學會懷疑
二十年後需要學會相信
相信那片曾被深深懷疑的土地
現在仍能長出莊稼來
仍是風吹麥浪
仍是布穀飛過一片澄黃
回來吧
站在莊稼的立場上
重新認識世界
檢討自己的罪和虛榮
當我們學會和麥子一樣沉默不語
陽光正火辣辣地照著大地

一〇一三

每一對情侶都是冤家

交了那麼昂貴的學費
卻只從愛中學會了恨
扛著愛人的屍體
我們說：這就是我納的投名狀

我們殺死了對方
各自亡命天涯
而十年之後
愛情還是將我們捉拿歸案

北環之歌

天氣涼了
所有人的心情都變好了
但這個所有人並不包括我

和我同齡的人
絕大部分都結婚了
但這個絕大部分並不包括我

儘管我和大家一樣天天堵在北環路上
但能看到下一個春天的人、治癒出院的人
並不包括我

北環是一座墳場，葬著我們的愛情、理想與青春
那些小廣告和醫療雜誌
是燒給我們的紙錢

不停換工作、借錢交房租
連著三趟公交沒擠上的
包括我

棄兒

出生不是別的
下地幹活的時候，大家聽到了嬰兒的啼哭
她裹在一件紅色斗篷裡，身邊是兩袋奶粉、一張字條

一個沒爹沒娘的孩子，吃著土長大了
吃土時她從不把葛針釘子挑出來
成長不是別的，成長就是咽下這些滯澀、孤獨與疼痛

她恨透了父親，卻理解母親
她相信母親是為了愛情。愛情不是別的——
一雙無人對視的眼睛開始在黑夜發光

生活不是別的。正因如此
她才要讓生活成為別的
漫長的旅程開始了。她把一個個遠方甩在身後，她老了

好在死亡已是她的老友
死亡不是別的，死亡只是燒焦的麥子、倒伏的玉米
只是所有臨終的呼喊，都壓不過嬰兒的啼哭

鳥的演化

麻雀越來越少
燕子越來越少
喜鵲、百靈和大雁越來越少

只有一種鳥越來越多:
驚弓之鳥

用你教我的姿勢睡覺

失眠的時候
我用你教我的姿勢睡覺
身體蜷曲
右側在下
雖然寂寞越來越深
心卻依然安穩下來
無數個夜裡我這樣入睡
思念著你
想著你是不是用同樣的姿勢
在另一個城市安眠
無數個夜裡我幻想著和你抱著入睡
像胎兒安睡於母腹
我們安睡於彼此的溫柔
我想我們累了
青春累了
愛情累了
綿延了千萬年的生活與時光，累了
我想熄滅這個城市所有的燈
讓它睡個好覺
這個世界
多麼需要睡個好覺
用你教我的姿勢
用永不醒來的夢
用無數苦苦相戀的男女的
代代相傳的柔情

還陽

在還陽的三天中
我解決了生前三年沒有解決的問題
戀愛、結婚
在她的身體裡播下種子
在還陽的三天中
我報了生前三十年沒有報的仇
手起刀落
斬了仇敵的腦袋
在還陽的三天中
我在水路盡頭布下桃花源的標記
復活滅絕的飛禽走獸
藏起了被父母出賣的女兒
在還陽的三天中
我忘記了來路和去處
忘記了愛恨離別
忘記了自己是一個冤魂

針尖

我頭頂站著多少天使
是看不見的
看得見的
是湧出來的血珠
擁抱的時候
你的衣襟瞬間染紅
那麼多往事
都在歲月中模糊了
唯一栩栩如生的是
你玉蔥般的手指潔白纖長
你鮮豔的血
讓我看到了翩翩起舞的天使
你疼痛的呼喊
讓我看到了自己的尖銳
用一根針去挑一根刺
除了這樣就沒有更好的辦法嗎？
不要問下一針扎在什麼地方
生存的學問就是把針尖磨得更尖
你知道嗎？
你是第一個道成肉身的天使
你的每一根手指
都是養育我的乳房
你說
你不是天使
你是麥芒

情人的週末

你像一個氫氣球
當我們牽手穿越城市
我的身體在你的牽引下上升
我喜歡這個過程
哪怕貼著玻璃幕牆
被打開的窗戶切掉鼻子
哪怕雙腳被緊緊拽住
像草繩一樣被輕輕拔斷
我喜歡看著地面的人群和我們的影子
越來越小
而我們接吻的縫隙
成為光斑的一部分
我喜歡這種暈眩的感覺
只要你不爆炸
只要耳朵沒有被巨響刺穿
我就可以向世界炫耀

胎曲

對自己撒的謊
和對員警撒的謊
一樣荒誕

對情人撒的謊
和對醫生撒的謊
一樣甜蜜

客死他鄉的遊子
忘了故鄉的模樣
螫痛春天的蜂群
守護著我的祕密

被詛咒的年輕人

我是一家玻璃作坊
專業加工易碎物品

你是一輛罐裝貨車
專門押運易爆物資

我們的愛情是一場魔術表演
沿著塔頂的光柱爬到半空
光芒消失再墜回地面

我們的青春是一片失火的圖書倉庫
充斥著歪理邪說，寫滿了反動、暴力與色情
熊熊大火中，我們搶救出的自己面目全非

西流湖

投湖自盡的女人
投湖之前，請聯繫我
我知道，只有你的絕望才是真的
才是純正的黑暗，一百盞探照燈也射不透

你說，只有死亡可以讓你安睡
現在你夢到什麼什麼就爆炸
——那就把這個世界炸光吧
炸光了，再睡不遲

你說，你想殺光了仇人再去死
但你找不到他們了
——我帶你去，我知道他們藏在哪裡
讓我們一起，把他們殺光

投湖自盡的人們
投湖之後，請聯繫我
我和一個女鬼住在西流湖的南端
住在「投湖之前，請聯繫我」的牌子下面

教室

我們搶到了一間教室
搶到了鋼筆、暖瓶、書山題海和安神補腦液
搶到了十年前神祕的動亂，十年後籠罩全國的霧霾

透過高度的近視眼鏡，班主任把沒收的籃球砸向窗臺
「是誰偷走了張瓊的遺書？是誰告訴了她的家長？」
有人哭泣，無人回答

為了對得起父母的血汗和老師的白髮
我們在考場殺得片甲不留：
沒有瘦掉十斤肉的決心，是不可能把成績搞上去的

我們搶到了一間教室，我們忘了搶一個床位和餐桌
但，不吃不睡又有什麼關係？
面對未來，我們要備足饑餓，以及，一萬個失眠的夜晚

致故鄉

把動脈切開，可以澆灌幾棵玉米？
我給你
我咳斷的肋骨，我變賣全部家當買來的疼痛

把靜脈切開，可以澆灌幾棵花生？
我給你
火光沖天的原野，和原野中被拔掉牙齒的野獸

我的方向盤失靈，剎車失靈，但我的油箱還是滿的
我給你
通向遠方的彩虹，及彩虹上的連環車禍

我的頭髮白了，屍體乾了，但我的靈魂還是你的
我給你
僅有兩頁的聖經，僅有一平方米的天堂

鬼節

我只在火光中現身
哪怕是遠在天邊的火光
七月十五
親人們把成噸的草紙燒成灰燼
相聚的時間到了
沒有燒紙的人
你不會看見
十字路口
每一輛車都迫不及待奔向死亡
田野中的墳塋
逝者的手緊抓著玉米的根
把火點起來吧
我的現身只會讓你臉龐發燙
而不會讓你脊背發冷
在火光中
我為你的愛情
準備了私奔的地圖和盤纏
為你的絕望
準備了一把尖刀
七月十五
只有這樣的火光可以讓我們跳舞
只有這樣的濃煙可以嗆出眼淚
只有這樣的淚水可以讓我們重逢
哪怕淚水前就是火海
淚水中藏著刀叢

二〇一四

春天一九九〇

當年我所有供詞，都是屈打成招
春天不是罪魁禍首
春天，只是春藥中最猛的一劑

所以有人冒著電擊的危險，在雲上做愛
所以我對春天的背叛才更加無恥
我猜你肯定看到了：空中飄滿了劫獄的風箏

歲月和法院一樣，不會洗去任何人的不白之冤
哪怕蒙冤的是美麗的春天。哦，等等吧
一個刑滿釋放的春天，將把你的愛恨連根拔起

算術

我們以為：
減去那些無所謂的
餘下的就是重要的
加上那些期盼的
得到的就是圓滿的

我們拼命把自己乘以一百一千一百萬
以獲得一份存在感
可世界終會除去我們
給所有人一個零的答案

所有黑板記下的，板擦都會輕輕擦去
它甚至不屑於忘掉我們
因為它本來就不曾記得

旅途

我等待你
就像等待一列去遠方的火車
呼嘯著，把月臺甩在身後

呼嘯著，你沒有停的意思
為攔下你
我跳下月臺

太美了——沿途的風景讓你沉醉
車輪下
我的血肉和泥土完美融合

每個人的青春，都是一條一次性的軌道
只要火車開始開動
她就開始連環爆破

匿名情書

當一名無神論者
宣布看到了獨一無二的女神
愛情，你就要小心了
一不小心，你就會被重新定義

比如，情書的開頭要寫在十二月的雪地
信物必須是能澄澈一千年時光的眼神
而牙齒的生長和脫落，都是因為是星星的化身
或為情人如玉的身體留下印記

當然，被重新定義的還有色彩、季節、生物史和地心引力
否則就無法解釋沙漠一夜之間變成花田的事實
無法相信飛翔的象群上面，都是去三仙島約會的情侶
以及，碎歲和K攜手穿牆來去的日子

如果這一切真的被重新定義
那麼作為一束玫瑰
我可以負責任地告訴你：
除了盛開是我幹的，其餘一切都與我無關

杜十娘

擺渡人，你死了你的職業還活著
坐你的船私奔的男女死了
被追殺的愛情，活著

我憂傷的女神，無論你被多少男人肏過
我都願意娶你回家。撈不上岸的珠寶
唯有我們的相遇可以相抵

女神走過的地方，火焰俯拾皆是，淚水漫山遍野
刻著蓮花的孔明燈在波浪中緩緩升起
而幸福突如其來，痛苦措手不及

掉進蜜罐的孩子

甜
不是吃蜜
而是被蜜吃掉
當他向天空張開嘴巴
很難說他不是在享用最後的晚餐
一隻發燙的手
牽著另一隻發燙的手：
「我的手是舌頭，你的手是蜜糖」
就這樣
吃到最後
他發現自己已被蜜糖融化
沒必要再為過去傷心了
蜜
是另一個世界
愛下去吧
掉進蜜罐的孩子
不要管晚霞是否是最後一片餐巾紙
並在情人的唇沿擦到了血
愛下去
並且告訴全世界：
如果有一天你撿到蜜罐
不要摔碎它
那裡面或許藏著你的愛人
或許
藏著你自己

燒秋

當又一代青年通過死亡變成嬰孩
一定有一雙長繭的手撥開夏天的玉米卻探見秋風
一定有一把不甘退休的鐮刀在生鏽前割傷姐姐的手
一定有一隻鐵爪被忘在花生地裡
等著來年春天，扎透弟弟的腳板

那個扛著鐵鍬回到故鄉的青年，他不會告訴你
把金色的秋天變成黑色
只需一根火柴。他更不會告訴你
大火通過手指的縫隙撲向姐弟倆
捂著眼睛的手指，頓時變得鵝掌一般鮮紅

三十年後的弟弟，沒了姐姐的弟弟，淪為縱火犯的弟弟
再也看不到那樣美麗的鮮紅了
荒蕪的不只是秋天的原野，還有重複上一代悲劇的人生
不要再挖下去了。風化的家園沒有寶藏
在弟弟理想的灰燼下面，埋著姐姐凍成冰塊的愛情

和MS.Y一起寫的詩

三月十一日夜

如果你的心缺一塊肉
就要用另一塊肉去填補
什麼也代替不了
哪怕是金子
也無濟於事

三月十八日夜

我咬下舌頭
看到了花的盛開
在地上
熱烈、鮮豔

三月二十七日夜

空虛啊空虛
空虛哺育我們成長
春天的夜裡，每一塊黑暗都是乳房

四月二日夜

一天晚上，他自殺了
第二天被員警搶走了屍體
有個人想要回他
於是
他殺死了自己

拿著自己的屍體
去交換

一天晚上，他自殺了
第二天被員警搶走了屍體
有個人想要回他
員警說：
「想要屍體，必須先講一個故事」
他說：
「他還活著
我叫他的名字
他的屍體就會站起來
跟我回家」

三月和四月的兩個夜晚
黃昏書店

沒有苦大仇深
沒有飽暖淫欲
天堂拒絕我們
地獄不要我們
我們活著究竟為了什麼？

我曾在黃昏書店
遇見一個被生活開除的姑娘
她對自己的過去隻字不提

卻對沒去過的地方如數家珍

放學的孩子
把春風裝進塑膠袋
拍響之後大聲歡笑

年輕人躺在床上
躺在做愛後的空虛裡
嚼著嚼不動的未來

六月四日夜
給碎歲

我把手伸出車窗
除了摸到深夜最黑色的部位
還摸到一隻飛翔的蝙蝠

給MS.Y

如約而至的酸雨
腐蝕樹木、青草和房屋
腐蝕馬路中間發鏽的柵欄

我們把對方埋入泥土
等著彼此再長出來
旁邊的陌生人

撐著傘
領取著一生用不完的寒意

六月四日夜

我們是蜈蚣
多一隻腿少一隻腿
旁人看不出來

我們是雲
飄來飄去,任由風來塑造
默默吸著水汽
忽然就電閃雷鳴
忽然就流出淚來

二〇一五

春天，向所有的好姑娘求婚

有必要在這個春天
把所有的春風吹盡
把所有的冰雪化完
有必要在這個春天
讓開滿野花的山坡綿延到太平洋底
讓孩子們一齊吹響手中的柳笛
這是最後的春天
誰辜負了誰就是罪不可赦的罪人
春雨已經傾巢而出灑向麥田
你又憑什麼保留對姑娘們的熱愛
你必須溯流而上
迎接沿河而下的情人
你必須挖地三尺
找到傳說中的金礦
你必須揣著金子為她們呈上求婚的聘書
說著海誓山盟把她們約到桃園
就在這個春天
把瞻前顧後扔掉餵狗
像甦醒的野獸一樣喪心病狂
「我們結婚吧
我們結婚吧」
如饑似渴的我
已經撕破了臉皮

和雅諾什一起跳舞

和烏雲跳舞的,是被劫持的飛機
和我跳舞的,是你
你失蹤後,我天天對著鏡子練習恐怖分子的微笑

戰鼓擂響了,蒙在鼓裡的人們卻渾然不知
戰機以恐高症為由拒絕起飛
客機被調往前線,我們的愛情早成炮灰

苔原淪陷,頓河淪陷,烏拉爾山和北歸的大雁淪陷
即使可重建家園,又怎能倒轉時光?
僅存的一排白樺,撫摸著開膛破肚的麥田

寄給你的戲票,和街上的尋人啟事一樣石沉大海
一張刊有MH370失事消息的舊報紙
包裹起MH17墜毀的殘骸

清明，再致母親

清明，其實是
逝者紀念未亡人的節日

墳墓裡的父母
為不孝的兒女撞破了頭
殉情的女孩
發瘋地思念著另覓新歡的情人

媽媽，當我為你燒錢、燒樓、燒汽車
你在地下為我燒了什麼？

我為你燒了那麼多紙錢
為何你仍是那樣貧窮？
你為我燒了那麼多燈籠
為何世界還是這樣黑暗？

致趙照

又一次，農民在城裡受了騙，麥田走出家鄉尋找主人
又一次，聾子聽見啞子的歌唱，落伍的人走到了最前面

他們說有本事的人都去城裡了，沒本事的人才種田
而你，卻非要把田帶到城裡去種
火車開往落日，風掩上暮色裡孤獨的窗
賓士寶馬載著先生小姐呼嘯而過
一個倔強的身影，拿著吉他在水泥路上開荒

在山上，你捧起穀穗一樣捧起姑娘的臉龐
秋雨夜，你拔草一樣拔掉高樓大廈
在春天的香味裡，是誰橫衝直撞撲向火光？
濁酒入喉，成敗盡銷
有你在，北京三環內就不只有聯想橋南一塊麥田

又一次，月光灑向顏巷阮途，兩鬢霜花的行者夢回年少
又一次，要麼聽雨，要麼聽你在快的時代寫的慢歌

風箏

你是第一個,把石頭當風箏放的人
我就是那塊石頭,飄在空中
猜想著你從哪裡借來的風

其實風從哪裡來並不重要,重要的是
我飛起來了。重要的是線在你的手裡
我越飛越高,你越走越遠,我們之間的絲線
將山川、田野與城鎮緊緊捆綁

相遇是槍聲,愛情是革命
你是第一個,摸到了石頭的血的女孩
你是第一個,不肯放手的人

儀式

當火車從我的胸口衝出，你用雙臂
為我輔下軌道。窗簾
忽明忽暗，每一條隧道都是
一次晝夜的輪流

當我用湖水
吮吸你的月光，你反過來
用海浪吞噬我的岩礁。破碎的飛地
拼出了完整的天堂

我指給你看的麻雀，為一穗穀子
飛向了電網
你指給我看的流星，在我眼中砸下
永久的環形山

蟬

你的愛是地下深埋四年的蟬蟲
剛爬出地面就被貪食的人捕走
你只求一個月的陽光
而我一天也沒有給

你曾在這座城市最黑暗的地方等我
你以為我是一個好人

殯儀館

沒有人能分辨
飄下的
是紙灰還是骨灰
沒有人能看清
站立的
是紙人還是真人
我停下自行車
對著煙囪拍照
一位路過的老人
露出羨慕的神色
其實
誰也不用羨慕誰
誰也不用可憐誰
我們都終將變成一個
陌生的名字
時間是永遠燃燒的火焰
肉體是迅疾消殞的柴草
和你們一樣
我們暫態就將灰飛煙滅

冬天

銅牆鐵壁的夜
連月亮也熬不下去
烏雲下
饑民易子而食

私奔未遂的情人
自插雙目
焚燒房屋的大火
連著了場上的草垛

最美的花朵
不過是血滴到雪裡
你站在窗前
與死神接吻

這是一種珍貴的痛苦
捨不得一下痛完
轟隆隆的鑣車
請用積雪把我埋得誰也看不見

水火無情

唾沫啐在誰的臉上

不會感到羞辱？

釘子咽進誰的喉嚨不會疼？

八月十六號，中考複讀班報名的時間到了

一個吐唾沫是個釘的男人

為了他兒子

跪在了校長辦公室

一九九八年，全國都在抗洪救災

他兒子

卻渴望著一片汪洋

這樣就可以名正言順地死了

誰也不能怨我

啊，為什麼洪水還不到來？

為什麼人要故作堅強？

為什麼要讓一個早該溺斃的嬰兒

長大成人

最後火葬？

鄭州的最後一夜

我愛上了一位姑娘
我卻控制不住我的欲望
我的純潔，永遠地崩塌了
永遠，鄭州的最後一夜

我偷走了這座城市的孤獨
偷走了它的冤屈、憤怒和絕望
我沒有偷走一位姑娘的心
沒有，鄭州的最後一夜

你無名無姓，對世界沒有任何威脅
但我仍然把你殺死
只是因為你對我好，只是因為你相信愛情
撕裂吧，鄭州的最後一夜

我用一千種方法殺死自己
希望我的痛苦能讓你開心
我餘生的使命就是替你向我復仇
逃亡吧，鄭州的最後一夜

二〇一六

叫春

沒有春風春雨，這就是一片
守活寡的土地。春天
手把手教教他們
不堪入目的姿勢，正是繁殖的真理

春天
我已辦好離婚手續，只有你
值得我移情別戀

埋進墳墓的少女已經開始腐爛
家鄉的桃園老了。春天
牽著桃林的根須向下
吮吸她的美麗，開在枝椏的最頂端

春天
這樣的使命舍你其誰？讓生命
禁得起長時間的死亡

空城

死人不輕易說話
除了咒語。幽靈般的笑聲壘成絕壁
空蕩的午夜地鐵，擠滿乘客

血流蛇行而來
沒有傷口認領自己的血
與對面的地鐵相撞之前，你沒有任何機會逃脫

別開手機，陰間的信號太強，陽間的信號太弱
你沒有任何理由，不去愛那些懷孕的處女
鐵軌上，被遺棄的嬰孩，就是上一代悲劇的繼承人

夏天如何催熟一個少女

看起來好好的文竹
一碰才發現枝葉已經焦了
閨蜜成群的少女
孤獨得要命

被分屍的玫瑰殘肢
在替人類表達愛情
偽裝成人的鬼
死的很累

夏天如何催熟一個少女
風如何吹動她的裙角
心事如何釀成一場大禍
又如何被悄悄抹去

北京

給我一套新房子
還有讓我中毒的濃甲醛
讓我在歡樂的假象裡昏迷不醒
牽強的微笑
用膨脹絲打在客廳
前女友的照片
用膠水黏好掛在臥室
理想被烹炸後端上餐桌
欲望就是閃閃發亮的刀叉
電視機二十四小時都有節目
一切多餘的念頭都毫無意義
不要從窗口扔下花盆
會砸到買菜回家的自己
每當有人提醒我們樂觀
親愛的，你都比我裝得更像
為了幸福
我們是多麼不擇手段
你咽下砒霜和我接吻
你是這美好生活裡
揪不出來的臥底

建蒲橋

歪歪斜斜的字元中
他是散佚的一個
飄搖雨中的村莊
如一紙模糊的遺書

為了被一把快鐮收割
麥穗伸長脖頸
在黑暗中洗臉的少年
需要一塊清洗血跡的香皂

被扇子折疊的時光
塗滿算命先生拒絕預測的命運
劃傷的手機螢幕
搖出一個死在昨夜的名字

哦，每一個在黎明開始入睡的人
都曾把寂靜錯聽成歌
將飛鳥誤認為魚
為寸草不生的土地祈禱豐年

火鍋
一九五八～一九七六

或許臨終之際，我們才會發現自己
從未出生。我們的母親
在一個小女孩的時候就被餓死了

同樣被餓死的，還有一隻半個月大的羊羔
父親把它拿到集市上換糧票
但社會主義，怎能允許投機倒把？

於是父親戴著高高的帽子遊街的場景
反復成為兒女的噩夢
穿過雨點般的拳頭，潮水一樣的口號聲震耳欲聾：
毛主席萬歲！打倒封資修！

哦，忙碌的紅筷子，鍋中沸騰的羊羔肉卷
分不清鼻涕和眼淚。只有一把青草
在喉嚨中割了又長
我們不是人。我們只是被餓死的母親
還魂

濟南

荷花、匕首和兩座城市間的距離
都是愛情課的教具。山東半島不過一塊黑板
火車，是你手中的粉筆

陌生的月臺前，少女成群走過。而你
永遠藏在我的身後。六月的大明湖像一部舊電影
為了看清字幕，我們潛入湖底

拿起長凳上的報紙，你說你找到三十五個愛字
你沒注意傷害出現得更為頻繁
報紙淋溼了。你踮起腳尖，度過雨水漫到唇沿的夏天

一間被查封的學校裡，老師體罰著學生，學生氣哭了老師
這節課我遲到了二十年，你還在講臺等著
這是真正的人民教育，每學期只收兩顆眼淚：費用，已經不能再低

打撈鬼魂

南方，上帝潑下的油綠觸目皆是
沿江遊走的公路邊
竹林、果園、玉米地高低起伏
隔幾十里
有一個遊樂場、集市和碼頭喧攘不息的小鎮

遠走的人回來
會在這裡迷路
而在這裡長大的少年
終將離開

它們無喜無悲
仿佛時空迷宮的陣點
連綿的雨水
讓植被更加鮮豔

賭博、吃飯、在旋轉球燈下跳舞
打一趟五塊錢的摩的
去一家記憶商店
老闆已經老了
總是把悲歡張冠李戴
買四十分鐘的故事
他給你四十年

鎖在屋裡的男孩
揪著自己的頭髮長到二十歲
野鬼擁有透明的身體
即使打撈上來
也彷彿不存在

致女兒書

在你的抽屜裡我留著
為你十八歲準備的禮物
如果等不及
就現在打開吧
這把手槍我送給你
等你
向我復仇

你能否原諒我？
這個不合格的母親
是我沒給你一個光明正大的父親
讓你從小被罵為野種
是我不會掙錢
買國產奶粉沖給你喝
是我在你哭的時候
控制不住自己的情緒
是我
把該死的痛經遺傳給你
我不該因為寂寞亂找男人
不該因為不忍殺生
就把你生下來

親愛的
你能原諒我嗎？
我說我愛你你還會相信嗎？

我是你的母親
可我多想做一個女兒

城市的後半夜

薄暮時未亮的燈，總在後半夜亮起
夢遊者在街上拋灑夢的碎片
環衛工人偷偷焚燒垃圾
小姐送走客人
清洗下身

成群結隊的孤獨
挨戶搜捕佯裝快樂的人
黑暗像啞子一樣不會說話
卻撒了一夜的謊

這城市有一千個地方藏匿逃犯
卻沒有一個地方安放青春

二〇一七

致敬

一個在吃人的社會裡吃草的人
被人吃掉了
六月的血滲透年曆
染紅了許多年分

舌頭被割掉後
有人仍擔心再長出來
於是吩咐劊子手：
一定要斬草除根

你早洞悉了自己的命運
因為暴力是歷史唯一的邏輯
在人體器官黑市
黑心的人總是活得更好

慶祝吧，蒙面人舉起人頭酒杯
旗幟迎著太陽升起
紅色的光芒
沒放過一個敬禮的孩子

紀念

看到一張一百年前的照片
上面的人全都死了
一片樹葉落下來
和整個春天入夜有什麼區別？

你曾夢見那條路
所有人都與你背道而馳
瓜果被車輪碾碎
你承受的只有你一個人知道

人和動物一樣
生死都在森林裡
這世界有一場雨
一直在下

母親推門而入
你把日記藏在作業下面
多年以後她為你整理遺物
才翻了出來

牧刀人

一張紙
可以寫情書
也可以立遺囑

一杯水
可以解渴
也可以送下安眠藥

身分證點著了
哪陣風會把灰吹走？
除了員警
誰知道血是誰的？

皮膚是牧場
刀子是牛羊
孤獨的人
是最好的牧刀人

瞬間的祕密

把田園牧歌上交國家
把牙咬碎往肚裡咽
交公糧的車隊裡
從不動手的父親
打了兒子
他呆住了
這是父親第一次打他
但他很快就原諒了他
他看到這個大山一樣的男人
打過自己後眼裡噙滿淚水
看到面對凶神惡煞一樣的質檢員時
他笨拙陪笑的表情
「我要改變這一切！」
他下定決心的時候
忽然明白長大原來這麼突然
只是一瞬間
他的童年一去不返

雨

這城市對不起這場雨
我對不起你
推門而出的年輕人不會回來了
老人們把記憶，攤在雨中

痛苦像窗外的建築工地
每天都在堅固地長高
野蠻生長的違建
只有爆破拆除

他舉起雙手
向生活投降
她仰起臉龐
收集雨滴

鄉村逸史

漏雨的八〇年代，屋裡擺滿接水的盆桶
一列火車把村莊馱走
一個下地的孩子，被留在原地

路邊的刺槐還在向天空呼喊
背井離鄉的主人早已忘了它們
嗷嗷待哺的春天，冰雹是唯一可以下嚥的糧食

這是最後一個，穉生穉長的孩子
他將娶麥田為妻，在被遺忘的角落生兒育女
他將用泥土蓋起高樓，在雷電中突然崩潰

二〇一八

十五歲

十五歲是一個鬧鬼的十字路口
往哪兒走都是死胡同
只有刀子告訴我們
傷口是唯一逃生的門

春天鏽跡斑斑
鮮花臥床不起
管用的
只有疼痛

新的日子紗布一樣來臨
將創傷記憶層層纏裹
但那傷太深了
纏了很多層還是滲出血來

每次失眠
都是一次臥軌
火車從記憶中開出
將他碾得粉碎

貓

夢中的女人，貓毛一樣柔軟
迎面撞上的愛情，貓爪一樣尖利
命名春天的不是鮮花
是貓求救般求歡的叫聲

欲望和歷史，都有走火入魔的習性
大開愛戒和大開殺戒，是一枚硬幣的正反面
唐朝的潔癖患者，被電腦管家當作病毒殺掉
人們擰開水籠頭，市政供水變得鮮紅

白龍瘋了，白樂天也瘋了
醫生再三囑咐勿見風寒，他還是堅持到外面走一走
他明白破傷風的厲害
也明白從詩歌的窄門穿過，要留下買路財

當攤開手掌的城市握緊拳頭
情人們的骨頭碎了
但有什麼比為愛負傷更美呢？
愛上楊玉環，只需要一秒鐘

貓，從歷史的屋簷上掉下來
掉進動物虐待者的圈套，掉進文藝青年的懷中
既然逃不掉，就讓我們排隊等著它的爪子吧：
春琴、雲樵、你、我、玄宗……

二〇一九

春末

楊絮像一隻白色巨獸，要吞下整座城市
路過天邊奔跑的紅男綠女
時光和愛情，開往相反的方向

我們都是不聽勸阻的人
非要打破砂鍋問到底
而世界是一本舊雜誌
謎底永遠在下一期

每一個視窗後，都有一個我愛的姑娘
她們的列車和我擦肩而過
我和我的愛情永不相見

夏初

風很大，有人擎傘被風吹走
勞務市場就要關門了
他賣光了青春，被逐出市場

城市最高的建築物下
討薪工人的墜落引起一片尖叫
他和女人匆忙離開
逃離命運的比喻

風息了，女人的眼淚乾了
她為他的公交卡充了四十塊錢：
現在輪到你拼一拼了

一九九〇年代的小城女神

因為夢裡有你
我用一年時間做一個夢
然後我醒來
用一生時間嘗試回到夢裡

煙囪是傾斜的，車間是漂浮的
壓力錶針的抖動有點過快
下班路上，我把自行車騎到飛起
我的心跳也有點過快

屬於新人的高樓蓋起來了
屬於舊人的矮房鏟平了
脫韁狂奔的時光前
曾有我們螳臂當車的青春
你穿著白裙子從夏天走過
你的芳香是沒有出口的迷宮

射手座

情種死在妓女的床上
舊宮殿灰飛煙滅
飄落到另一個星球

酒徒喝完最後一杯
肋骨長出新的枝葉
遮住心的裂口

是誰把誰推下懸崖
又是誰帶誰遠走高飛？
時間已經不記得了

走出影院，我們決定把故事演下去：
讓無情的男人再愛一次
讓癡情的女子再傷一次

她

天臺上，晚霞和她的裙擺連成一片
她飄飄揚揚的頭髮
是青春的最高禮讚

她等著愛情為自己解蠱，卻不知愛情就是最毒的蠱
她的美被騙子騙走
她用膠水黏著碎裂的微笑

這是一座每天都在坍塌的城市
挖掘機在街上橫衝直撞
如果你愛她，你隨時可以英雄救美

你永遠不知道，一場雨裡藏了多少淚
她從這座城市消失
誰也不知道去了哪裡

4#1601

她剛剛度過
一句話不說的一天
像有人用遙控器
關掉了聲音
她的酒瓶空空的
煙盒空空的
心也空空的
自慰到手酸
也只有一點微弱的快感
除了狗
她已不相信任何動物
除了世界末日
她已不相信任何預言
這一天最大的聲音
是血滴到地上的聲音

火車駛過五月的麥田

依著麥子成熟的時序
從豫南開始
收割機一路開往北方
這是一年一度的盛宴
每株麥穗都閃爍著金色的光芒
父母的臉龐被煙塵燻黑
司機吞著啤酒和雞蛋
收割機把新麥倒在塑膠布上
嘩嘩的聲音
讓人心裡湧起一片激動
只有五穀豐登了
才有人丁興旺呀
拒絕生育的後代
是鄉村的敗類和孽子
火車駛過五月的麥田
穿過空氣中彌漫的麥香
你放下手機
無意中
你拍到二十年前的自己
活吧
生吧
收割吧
無邊無際的麥田中
有你們一輩子吃不完的苦
一輩子吃不完的糧食

這永遠膨脹的欲望
每收割一次
都長得更加瘋狂

遇見

颱風過境
山火霹靂
我遇見你
這三件事是一模一樣的
一些東西爆發
另一些東西被摧毀
從此我退無可退
我只有愛你
這華山一條路

北海

海霸、殺手
駕著摩托艇在海上巡邏
拒絕交保護費的漁民
被一槍爆頭

陽光很好
我為你摘下青木瓜
乳白色的液體
滴在腳下

沒有**攝像頭**的地方
適合殺人
也適合做愛

騎電動摩托的人
走過同一條路
進過同一個陌生人的相機
拐入不同的路口
消失在茫茫人海

潿洲島

當少年在椰子樹上刻下名字，漁船
搜索著燈塔的光
一定有兩顆星星，在悄悄靠近

地老天荒的情話，大海已經聽得多了
但我相信
她仍會為我們的愛情感動

我們路過人間，又在島上相遇
故事的顏色
大海已經準備好

海水用潮起潮落祝福我們，大地用緊緊相連祝福我們
我們負責愛就行了
別的事，不用我們操心

在冬日憶起一個失蹤的同學和一本失蹤的雜誌

代數老師走進教室
扶了扶眼鏡：
「小夥子，放下你的《遼寧青年》
去看看你父親吧
他的三輪車翻了
番茄滾落了一地」
他滿臉通紅
跑到兩里外的集市上
三輪車站起來了
他的父親
卻再也沒有站起來
那是初三‧四班
教室在二樓最東側
他沒有想到
他這一走
就再也沒有回去
他的課本
在桌子上攤開了很久
那本《遼寧青年》
不知被誰拿去

只有火車永遠忠心耿耿，
帶我們去遠方

扔下鋤頭吧，孩子
用你無處發洩的精力
跟著火車跑
跟著火車跑
火車，帶我們去燈火輝煌的地方

燒了舊信吧，姑娘
從此和他一刀兩斷
跟著火車跑
跟著火車跑
火車，帶我們去芬芳迷人的地方

做個壞人吧，兄弟
這是你忘恩負義的最好機會
跟著火車跑
跟著火車跑
火車，帶我們去血流成河的地方

浪跡天涯吧，詩人
抹去你在塵世的姓名
跟著火車跑
跟著火車跑
火車，帶我們去空空蕩蕩的地方

11011

天書

碎歲和情人的故事，沒有截稿日期
可以一直慢悠悠地
寫下去

故事的發生地，沙海滾滾、風月無邊、森木遮天蔽日
飛禽走獸紛紛用腳投票
去安家落戶

沒有人知道故事內容，那是天宮一級機密
誰向人間透露一個字
誰就要背上千古罵名

碎歲和情人的故事，是所有經典中遺存最少的
我的愛是唯一的墨
你的心是唯一的紙

連環計

我是連綿的雨水中的孤城
我的鎧甲已腐爛,我的糧草已發霉
軍心大亂。白旗高高掛起,等著你來收復

我用十年時間築起這座城,卻在遲到的雨季遇見你
這就是天意
在胃裡發芽的野草,是我重生的希望

逆黨成了君王,一定會有新的逆黨
情人成了仇人,一定會有新的情人
楓葉染紅山崗,一定有人重蹈我的覆轍

你在我的心上安營紮寨,攻克我不費一兵一卒
沒上過沙場的人永遠不懂
為什麼狐狸會逃出山林,為什麼先鋒身中二十七箭

一隻滾動的蘋果下面，
青年被壓得粉身碎骨

那個時候這個國家還年輕
他們也還年輕
那個時候這個國家不懂事
他們也不懂事

他們被推進歷史的實驗室
配著一個永遠配不平的方程式
衝出來的唯一辦法
是實驗室爆炸

他們是廢墟下的亡魂
唱著無人傾聽的挽歌
我們來到廢墟下
才知道大家唱的是同一首

在時間的邊疆
他們患上夢遊症
在不毛之地
他們守春望雨

考場

流血的手指，是一支削不完的鉛筆
他們要用它
寫寫不完的作業，考考不上的學校

高高的白楊圍攏著教室，天空藍得有些失真
為了避免在考場發瘋
他必須交卷了
他要到操場上，一個人哭一會兒

食堂關門了，他餓壞了餓不壞的身體
噴沙的水龍頭下面
是一隻洗不淨的碗

二十年來，班主任始終在夢裡等著他
給他發著答不出的試卷
他重複地交著一家人省吃儉用攢下的學費
卻依然沒有把自己贖出來

給X

刪除沒有備份的文檔
下沒有解藥的毒
搬運被雨水淋壞的水泥
拍攝矗立麥田的風車

我在距你六百公里的地方生活著
我相信念念不忘必有迴響
我故意把上個句子中的距離寫錯
生怕有人看出來我愛你

我們的愛情是一盤蚊香
一圈圈一環環地燃燒
把所有的彎路走盡

我們的愛情是白晝的星星
隱藏在藍色的天幕後
閃爍不為人知的光芒

風車

我想帶你去我的家鄉
看麥田裡那些巨大的怪物
等風把葉片轉動
聽你發出興奮的呼喊

我會為你拍照
這裡的風景急需一個模特
其實我心裡的風景
也急需一個模特

麥子熟了

風從遙遠的地方吹來
又向遙遠的地方吹去

田邊的一排楊樹
嘩嘩作響

村中有人在裝修廚房
麥浪向天邊湧動著

切割機和電錘的聲音中間
隱藏著一聲布穀的啼鳴

我太忙了
忙得沒有時間愛你
麥子悄悄熟了

讓你等得太苦是我的罪
麥子熟了
我們就結婚

林場的七月

如果有足夠長的繩子
我們就能捆住風
如果有足夠好的馬車
我們就能把北方跑個遍

我們把一筐筐桃子
送進桃罐頭廠
每一顆都像我們見面時那麼甜
你遞來毛巾讓我擦汗
我們的愛
像出土的罈子一樣笨拙

穿過午後的原野
蒼耳掛滿了衣服
我不允許你的手指扎一根刺
躺在草地上
我們忘記了語言
用眼神和肢體表達愛

熱風從南方吹來

熱風從南方吹來
一陣陣、一年年地吹來
把麥子吹熟
把父親吹老
把少年從田野吹到城市

混合著土腥味和麥香的熱風
吹過一個又一個麥場
等木鍁把麥粒揚到空中
吹去多餘的殼皮
直到歲月老去，麥場空無一人

聞到熟悉的味道
你才明白
每一片風裡都藏著記憶
拖拉機迎面開來
你的水壺被碾成一片廢鋁

熱風從南方吹來
一陣陣、一年年地吹來
你握著鐮刀
和陽光對峙著
血的腥味填滿鼻孔

夏天

睜開雙眼的夏天
口渴難耐的夏天
揮舞拳頭、吞下瓦斯的夏天

母親們在水庫旁
哭得撕心裂肺
滿載冰雹的烏雲
遮住三中的操場

賭徒把手機扔進河裡
坐上逃亡的列車
我們一次次相愛
一次次生下，沒有准生證的孩子

慌不擇路的夏天
失血過多的夏天
離家出走、下落不明的夏天

人類將在這個夏天長出尾巴

每班地鐵，都會有人坐過站
我記不清他們的臉
我熟悉他們慌亂的表情

每天晚上，都會有人誤闖別人的夢
匆忙離開
不肯多留一點線索

聽我的，準備一張船票
你會用到它的
人類將在這個夏天長出尾巴

你可曾看見奔跑的巨樓
它不知疲倦、不喝水
把七百萬人遠遠甩在身後

玉米

這是轉移到心臟的傷口
這是
追到心臟的鹽
暴雨如注
父親在玉米地滑倒
半晌沒有爬起來
喝玉米粥長大的兒子來到城市
已是多年之後

水泥路終於鋪好了
父親卻已老得走不動路
每次兒子回家
他都會拿出手機
讓他刪幾個名字
那是他新去世的老友
他不會使用手機
就像看不穿城裡的騙局

他無法告訴父親
玉米正在國家的糧庫腐爛
官員最愛玩的遊戲
就是把壞糧賣掉
再當做新糧買入
在深夜

他常感到自己也不過是一顆玉米
在城市靜靜腐爛

雨水遮住村莊
他心裡卻響起失火警報
二〇二〇年的閃電
劈中了一九九四年的少年
在他臉上、胳膊上
玉米葉曾劃開一道道口子
每一次秋風吹來
都會重新疼起

南風，雨，26°

她的眼睛是一所花園
當她寂寞
裡面的花就紛紛凋謝

你們的疫情結束了
我的疫情才剛剛開始
荒野中央有一間病房
我被人間永久隔離

明早的新聞是
渴死在暴雨之夜
配圖是一條河、一片死魚、一具女屍

上班路上
你將與一輛警車擦肩而過
你剛剛在夢中見過它
你無法阻止它開往郊外

海邊軼事

等衣服中的海水結成鹽粒
警犬又一次無功而返
乾糧耗盡
是時候了
用我們的暗號見面

你用雙手蒙住我的眼
讓我倒數十個數再睜開
潮水重複著昨日的起落
能忘記的早已忘記
能原諒的早已原諒

藏起來的是你
失蹤的卻是我
人們越過叢林，陸續離開
我在島上
守候每一個黎明

我們借著月光走路

我們借著月光走路
一路上很小心
但還是丟了鑰匙
遠處的鬼火明明滅滅
我們放輕腳步
以免被發現

我們借著月光走路
渴望碰到一隻貓頭鷹
或一隻野兔
但田野空空的
四周只有寂靜
這寂靜更讓我們恐懼

我們借著月光走路
遇見一個雙手漆黑的少年
他的自行車壞了
鏈子安好又掉下來
掉下來又安好
安好又掉下來

我們借著月光走路
走向潔淨的麥場
走向乾枯的河床
走向赤腳醫生的衛生室

走向林場中的假酒廠
走向多年走不出的鬼打牆

冰糕

爸，我想吃冰糕
兒子把臉仰向父親
吃吃吃，就知道吃！
父親一巴掌打在兒子臉上
兒子跑了
父親楞了
他不知道自己為什麼變成這樣
或許是因為剛下了冰雹
棉花苗被打得稀爛
或許是因為他口袋裡沒有一分錢
冰糕五分錢一塊
雪糕一毛錢一塊
這個夏天，他還沒給兒子買過一塊冰糕
兒子憋了半個夏天，才把這句話說出來
一個三十歲的男人，連給兒子買塊冰糕也買不起嗎？
他抽了兒子一巴掌
後來，他抽了自己幾十巴掌
後來，他包了林場的六畝地
再後來，他開了一個家具廠
他有錢了
他卻高興不起來
冰糕、雪糕、冰淇淋，他兒子都不愛吃了
他打兒子巴掌那年，兒子六歲
從那以後，他再也沒有吃過帶冰的東西

春夢博物館

火車是平面發射的煙花
抱在一起去一個地方
再劃出四面八方散開的輻條

月亮是一封發光的情書
領回一個句子
足以照耀一生

天外天讓我敬畏
人上人讓我自慚
窗外群山流動
入目即成風景

外星人劫持了我，刪除了我的記憶
我決定把讀過的書再讀一遍，把唱過的歌再次唱響
我倒著走路走向遠方
我像大海撈針一樣，尋找我的愛人

淋溼的衣服會慢慢晾乾，
心碎的女人卻只會更加心碎

每次下雨，都會有一個瘋女人跑出家門
她兒子是雨天走丟的
那是二十年前，雨很大
她兒子出門時沒有帶傘
她在街上焦急地尋找
逢人就問有沒有看見他
我們冷漠地看著
直到我們的兒女
在另一場雨中走失
直到我們記起
我們努力遺忘的家

落鳳坡

一個傻子

一個瘋子

一個啞巴

一個瘸子

一個寡婦

一個光棍

一個到死也沒轉正的民辦教師

一個喝羊奶的頭夫經紀

一個被割掉一隻耳的賭徒

一個堵路訛人的潑婦

一個瞞著媳婦賣掉親生兒子的二流子

一個賴帳不還的賴孫

一個治死鄰居的赤腳醫生

一個風言風語不斷的漂亮女人

一個小兒麻痺

坐在木車上

從來沒有出過村

一個孽子

迷上寫詩

一輩子沒有再回去

秋天

我賣給你一車玉米
你說你收到了一個季節的陽光
無邊無際的風
以及，流淌的血汗

就像我收到的不僅是一筆錢
還有一個老闆被債權人追殺的故事
一次急診室的搶救
一場KTV的紙醉金迷

人，應該躺在秋天的田野睡著一次
像一柄被遺忘的鐵鍬
獨自度過漆黑的夜晚

有一天，玉米和錢會在相隔遙遠的地方
同時燃燒起來
我們所擁有的氣息和故事，也將一起消散

捉迷藏

總有一個孩子
藏在玉米杆後面
總有一個孩子
藏在井裡

總有一個孩子
藏在時光背後
總有一個孩子
藏在遙遠的遠方

藏在玉米杆後面的
被小夥伴揪了出來
藏在井裡的
姐姐哭得很悲傷

藏在時光背後的
回鄉時已白髮蒼蒼
藏在遙遠的遠方的
像一滴水融入了大海

冬天二〇二〇

當我們並肩走過長街
滿城的樹葉簌簌落下
你眼睛裡
有一片葉子的四季，有我們的前世今生

殺人
放火
結婚
生子

去年我只想做前兩件事
因為遇見一個騙子
今年我只想做後兩件事
因為遇見了你

抬頭望望天空，無論陰晴風雨
都是故事的開始
一個換了心腸的人
不在乎風往哪個方向吹

明年春天葉子會重新回到樹上
明年春天我每天為你讀一首詩

誰用一生時間種一棵麥子
那麥子就會像松樹一樣高大

誰用一生時間愛一個女人
那女人就會永遠年輕

珍惜

珍惜傳到單位的流言蜚語，珍惜褪色的電影票根
珍惜電話裡的哭聲
珍惜凌晨三點的夜車
我們的愛情，早於婚禮熄滅

珍惜廢棄的針頭，珍惜拭血的紙巾
珍惜蒼白的臉
珍惜童貞
我們的身體，早於春天熄滅

珍惜放風的一分一秒，珍惜空中飄落的羽毛
珍惜缺頁的《中國近代史》
珍惜牆上的題詩
我們的理想，早於戰火熄滅

珍惜藏毒的紐扣，珍惜失控的電梯
珍惜流星
珍惜塵埃
我們的鬼魂，早於子夜熄滅

附錄
碎歲素描

昆鳥／詩人

　　我和碎歲只見過兩面，而至今已經成為一個大遺憾的是，兩次見面我都沒有跟他好好談詩。我對碎歲的瞭解，幾乎完全基於他在網路上的一些發言、文章，越看碎歲的文字，越是覺得遺憾，說句很絕對的話，以我的瞭解，在我認識的詩人當中，心性與我最為接近的，應該就是碎歲了。自碎歲離京，我才開始漸漸瞭解他，越瞭解，就越覺荒涼。

　　無論性格還是精神傾向，碎歲都很難見容於時，若我二人早點相識，當可抱頭一哭。而今天的風氣，亦足一哭。不談使命、汙化理想、恥笑犧牲，人人以個人主義為正確，碎歲這種烈士性格會受排斥。而他對於黑暗與毀滅感的偏愛，又易使人覺得偏激。

　　而恰恰碎歲又並不是雄辯之徒，訥於言辭，且不知迂迴，往往會為人所面折。我想碎歲之不容於眾人，很多時候也許是被人嫉妒，嫉妒他總能提出讓人不爽的問題。碎歲能遭妒如此，我為他感到高興。

　　我常說我們這一代的詩人嗓子整個壞掉了，意思有兩層，第一層，沒幾個能把詩讀得像模像樣的，更別提朗誦了；另一個層面是大家寫的詩根本讀不出口，本質原因就是，心裡那點小糾結實在是無足掛齒。是真詩人，都不缺這兩點。碎歲就是。

　　碎歲朗誦、書寫，全憑氣血。「匹夫一怒，血濺五步。」而碎歲是匹夫懷璧，故得懷璧之咎。此璧之美，多機心而無壯懷者不能知。如今詩壇，以巧智、冷僻為尚，碎歲的存在也就愈發顯得珍貴。天地之於志士，終古都是一片寂寥，沒什麼好說的，一世不可余，余亦不可一世。

我所認識的這一代詩人中，有兩個人讓我想起來就不免喟歎。一個是閣樓的秦失，一個就是碎歲。兩人都是極為善良的人，卻處處表現得那麼具有攻擊性，縱使胸中溝壑深美，也只能放之地老天荒；才具過人，又都因性格與命數原因，一直未能成就。不是說揚名立萬，而是沒能在作品中真正確立自己，讓人覺得可惜可恨。

　　嚴格來說，碎歲似乎的確氣高於智，才勝於學。這是碎歲的寫作難以擺脫青春風格的原因，而在他試圖擺脫青春風格時，人又有了疲態，氣散亂了，爆發力也少了，卻又沒有為自己的詩準備好另一個世界。可以說，碎歲的寫作是全無策略的。他早期的很多出色的作品，也有不少都缺乏完成度，在錘鍊上沒有下足工夫。

　　但碎歲的詩總是攜帶著巨大的能量，而且驚人地準確，穿透力、速度，在這一代詩人中都難得一見，而更讓人汗顏的是他詩歌中那種毫不留情的道德拷問。

　　碎歲的詩有種罕見的真誠。有時，我們不得不認為，真誠，其實是一種能力。

　　碎歲的一些詩，有明顯的青年亞文化特徵，但我們有太多人何曾領教過青春，你難道不是生下來就像個老頭子嗎？縱使是一種病理性很強的寫作，亦不失療癒功能。

　　碎歲寫過一些關於鄉村的詩，不多，但卻是他作品中最重要的。我和碎歲有著相同的鄉村經驗，我知道大夏天在玉米地裡拔草是個什麼滋味。但我不敢寫這個，我怕人笑話，不是怕人笑話我是個農村小孩，而是怕人說我以自己痛苦為詩。一個農村孩子變成一個詩人，不知道要經歷多少內心的拷打，對他們來說，選擇做一個詩人，跟坐在奧斯威辛集中營寫詩差不多，在倫理上就會覺得有問題。他們該去掙錢養家、混得風風光光，把自己的心弄得粗糙一點，以便到社會上去廝打。我也這麼拷打自己，但我沒有勇氣去寫這種拷打，不想暴露自己的症狀。

　　海子也寫家鄉，也寫麥子，寫麥子對人的折磨。但碎歲寫得如此

不同，他不會把莊稼、村莊提升為神話學圖解，莊稼就是莊稼。當碎歲寫出了〈薅草〉、〈燒秋〉、〈站在莊稼的立場上〉這樣的詩，他可以不用拷打自己了，他的勇氣和良知已經抵消了寫詩這個罪業。我能看出，碎歲和我一樣，是抱著負罪感寫作的。

巴列霍是碎歲最喜歡的詩人，一個餓死在巴黎的大詩人，但如果把碎歲叫做「中國的巴列霍」，我甚至不會同意，因為，我覺得在很多方面，碎歲的詩比巴列霍更有力量。他所欠缺的，是巴列霍那種天外飛來的想像，和出色的節奏彈性。

毀滅和重生是並蒂而生的，碎歲的毀滅感，是一種隨時準備重生的願望。而毀滅與重生，都是對於此世的執著。我們要死，但一定會還陽。我們太愛這世界，所以，會不由自主地想要自我毀滅，二十年後，老子又是一條百無一用的好漢。

寫於2015，改於2023

語言文學類　PG2947　秀詩人120

對海沉默的哪吒

作　　者／碎　歲
責任編輯／邱意珺
圖文排版／陳彥妏
封面設計／張家碩

發 行 人／宋政坤
法律顧問／毛國樑　律師
出版發行／秀威資訊科技股份有限公司
　　　　　114台北市內湖區瑞光路76巷65號1樓
　　　　　電話：+886-2-2796-3638　傳真：+886-2-2796-1377
　　　　　http://www.showwe.com.tw
劃撥帳號／19563868　戶名：秀威資訊科技股份有限公司
　　　　　讀者服務信箱：service@showwe.com.tw
展售門市／國家書店（松江門市）
　　　　　104台北市中山區松江路209號1樓
　　　　　電話：+886-2-2518-0207　傳真：+886-2-2518-0778
網路訂購／秀威網路書店：https://store.showwe.tw
　　　　　國家網路書店：https://www.govbooks.com.tw

2024年3月　BOD一版
定價：330元
版權所有　翻印必究
本書如有缺頁、破損或裝訂錯誤，請寄回更換

讀者回函卡

國家圖書館出版品預行編目

對海沉默的哪吒/碎歲著. -- 一版. -- 臺北市：
秀威資訊科技股份有限公司, 2024.03
　　面；　公分. -- (語言文學類；PG2947)(秀
詩人；120)
　　BOD版
　　ISBN 978-626-7346-62-4(平裝)

851.487　　　　　　　　　　113000638